句集

冬泉

藤本美和子

角川書店

句集・冬泉

目次

装丁●大武尚貴
本文デザイン●ベター・デイズ

句集
冬泉

I

二〇一二年〜二〇一三年

二〇一二年

木の国の名残の薺摘みにけり

刈ばねを蹴つて翔たる初鴉

月蝕のすすみて太る草氷柱

さざなみのゆきわたりたる氷消ゆ

鳥瞰図広げて四月始まりぬ

隠れ蓑土用の影を広げけり

蓮田の風ばかりなる真の闇

いちにちのはじめしろばなさるすべり

底紅は井戸端の花母の花

岩岩はしぶき隠れや送り盆

早稲の香をきて深熊野の石河原

数珠玉のおほかたはいにしへのいろ

木の陰は梛と知らるる九月かな

杉山に日射しの移る扇置く

八朔の草流れよる汀かな

花豆の花が真っ赤や忌が近し

暗がりに少年の立つ厄日かな

鷗らの秋暑の影や鎮魂

月渡る名もなき虫が飛んできて
くさびらの襞の明るき森の口

提灯のうちがは白し神の留守

小雪の寺の精進料理かな

二〇一三年

かはせみの突つ込む水も初景色

円卓を廻して春の遅きこと

海鳥のこゑのけはしきよなぐもり

水面より雨あがりくる菊根分

松の上に人の働く遅日かな

天心に口ひらきたる春の鵙

毛氈の端余りたる雛祭

深禱や紙風船はたたまれて

梅雨穂草男のこゑに揺れにけり

白南風に傾ぎどほしぞ余呉の鳶

十一面さんのうしろの道をしへ

湖の夕白波や夏祓

松風に暗くなりたる箱眼鏡

箱庭の松に鋏を入れにけり

枢戸を一枚閉てて秋の寺

祇王寺の柱を借りる昼寝かな

京都・松上げ

百千の地松の丈や秋の風

山国の夕空明し地蔵盆

落柿舎の軒の浅さよ夕野分

浪の穂に鳶の触れたる爽気かな

ゆきあひの潮差しきたる鰡のへそ
沼風のをさまるころや棕櫚を剝ぐ

鯉揚のしぶきが飛んで北颪

このあたり陵どころ茎の石

日の当たる山が愛宕や古暦

大年の夕べ増えくる鳶の笛

Ⅱ

二〇一四年〜二〇一五年

二〇一四年

いちまいの仏足石の氷かな

宿木に鳥の集まる初不動

極寒の色や峠の烏瓜

夕刊のたたみてうすき氷点下

鶺鴒のこゑふりかむる初晦日

山下一海先生

せんせいのことをおもへば梅にほふ

春林のなかのもつとも桂の木
囀りの木となりきつて仰がるる

一舟と擦れちがひたる花の闇

氏子らの春の山より降りてくる

法被着て男のそろふ穀雨かな

薪焼べて炎はげます春祭

永日の石ひとつあり坐りけり

ねむりたる赤子のとほるさくらかな

鍼打って沈丁の香を近くせり

落雁のあはき塩目も花のころ

築山に熊手をつかふ遅日かな

昨夜の雨草に残れる御忌詣

桜蘂降つて隙なき地《つち》の色

水面が眩しぢごくのかまのふた

山中に水ゆきわたる端午の日

春秋やひたすら白き朴の花

啄木の年譜にあたり明易し

さみだるるコインロッカー一段目

立ててみよいうれいさうに触れし指

ひとすぢの水の入りゆく蟬の穴

蛇の髯の花が盛りや父母の家

空瓶に酢の匂ひたる西日かな

子蟷螂風に二三歩踏み出せり

月光を離れて烏瓜の花

みづうみのひかりの木の実拾ひけり

青鷺の水をうかがふ夕野分

末枯るる水かげろふの明るさに
らふそくの炎短し山の霧

宵闇の一舟つなぐ礩石

水影の火影の鵜縄捌きかな

中秋の灯がともりたる屋形船

鵜篝の火の粉が散つて磧草

夜振火も浦風草もまた吹かれ

蓑を干し足《あし》半《なか》を干し鵜縄干す

鵜川へとつづいてゐたる通し土間

てらてらと日を返したる囮鮎

星飛ぶや円空仏に逢ひにきて
奥美濃の淵の色濃き虫の声

豊年の手にあふれたる宗祇水

立冬の半分に割る磯最中

綿虫のいよいよ白き忌日かな

花枇杷の坂下りてくる薬売

日陰より日向に出づる鴉
抱へたる湯婆が鳴つて月なかば

二〇一五年

星満ちて破魔矢の鈴が鳴りにけり

ひとわたり田面濡れたる初景色

うらやまのうらじろの香を手折りたる
崖土のほろほろこぼれ寒菫

悼　綾部仁喜先生　四句

亡骸や寒紅梅の影踏んで

しろじろと柩をとほす冬木立

三寒の四温となりし死者のかほ
先生のこゑよくとほる冬泉

影曳きて鶴の歩める雪後かな

鳥どちの塒にもどるしづり雪

丹頂の脚あげるとき雪つのる

足跡は北狐なり谷地坊主

北空の雲の華やぎ種袋

ふりあふぐ鷗の腹や流氷期

命日や流氷原を徒歩き

流氷の岸を離れてゆく忌明

先生の遺影と残る氷かな

蝦夷松の奥に日の射す猟名残

海坂の夕べ明るき古巣かな

人を恋ふたたび芽柳の濃くなりぬ

摘みくるる浜防風の丈揃ふ

灰汁ぬきの灰ひとつかみ五月くる

湧水の音遍しや鯉幟

北国の鳥のこゑ聞く洗ひ髪

大鵬の手形を飾る夏館

吊つて売る亀の子束子やませくる

供華提げて青葡萄棚潜りけり

干梅の塩を噴きゐる家居かな

塩ふつて魚のまばゆき日雷

遠くきて虚子に縁の清水汲む

炎天の標となせり古き墳

身を折りて聴く八月の風のこゑ

禾朱き草の丈なり獺祭忌

供華として最もこぼれ女郎花

すこしづつ減つてをりたる猿酒

秋茄子戦後七十年のいろ

芋を干し柿を干したる紀伊の国
ひまはりの種採るによき空のいろ

団栗の降つて溜まれる裏鬼門

父死後の十一月の畳かな

茶の花の蘂の密なる旗日かな

亀は浮き鯉は沈みて七五三

鳥籠の向かうがはなる冬景色

歳晩の水に浮きたる松の塵

III

二〇一六年

白鷺の一喝に年あらたまる

みづうみの遠が灯りて小正月

海上に海鳥の数むつみ月

福豆を食ひあましたる眉目かな

空堀の埃曳きたる瑠璃蜥蜴

白樫につづく椹の木下闇

あぢさゐの縁のいろ濃き塗香かな

籐椅子や虫籠格子に灯が入りて

山国の湯の香が強し明易し

土用干虚子の句日記など読みて

髪の根を風吹きとほる夜の秋
磐座に映り玉虫飛びにけり

雨音の繁き狐の剃刀よ

乳母車厚物咲に折り返す

ライターの炎が伸びて野分前

小海線降りたる夜の鶏頭花

簷下の三間余り胡麻を干す

胡麻叩く祖母《おほば》にくわつと射す山日

宵闇の枝を広げて桂の木

中潮や木斛の実に手が届き

潮鳴りをかたへに後の更衣

潮さしてきし川波や十三夜

鏡面の奥が灯りて虫すだく

科の木の宿木の数冬隣

羊羹のひと切れが立つ冬景色
そののちの沙汰なきポインセチアかな

白鳥をおく流速の水のいろ
蓮の骨括つて余る縄の丈

墓守に朴の落葉の嵩厚し

磯菊の枯れすすみたるにほひかな

忘年のポケットに鳴る虚貝

水桶を貝の歩める年忘

Ⅳ

二〇一七年

松過ぎの音のでんでん太鼓かな

ユーカリの葉が風に鳴る節替り

柊を挿し海光の遍しよ

溶《ら》岩《ば》原《はら》の砂礫がきしむ冬の果

旧正の枇杷の広葉の照り返し

てのくぼに椿油や春疾風

海潮に翼傾く春の鳥

火の山の火のいろ思ふ蓬かな

野遊びの膳のひとつに潮汁
ひと尋といひ半尋の冴返る

鳥の巣に鳥戻らざるきのふけふ

断層も島の椿も無垢のいろ

牛乳を温めて飲む椿かな

溶岩原の濡れはじめたる春の雪

仮の世のいろ尽したる落椿

地虫出づ水かげろふに囲まれて

山巓を雲離れゆく二日灸

疾風を抜けきて蝶の白きこと

立子忌の鎌倉からの電話かな

つくしんぼ袴最も呆けたる

真夜中の空のいろなるさくらかな

切岸や山吹草の翳りきて

安良居祭　二句

やすらひの花傘明かり母の胸

辻風にやすらひ花の蕾かな

桑の芽の茫茫たるを潜りけり

腹帯の白さなりけり利休梅

伽羅蕗を煮つめて山の風荒し

土笛の歌口冥し青嵐

亡き人や片白草に触れながら

虚子庵の縁側に立つ晩夏かな

麦の秋風しばらくは吹かれたし

万葉の空のいろなり夏雲雀

秋冷のジャコメッティの素描かな

アトリエの扉がひらき小鳥くる

秋風の方を向きたる肖像画

一体の塑像の眼窩台風裡

日が射して草に雨降るきりぎりす

松籟に浮きくる秋の金魚かな

盆栽にして木瓜の実が五つ六つ

流水に手を濯ぎをる夕花野

月の出は声を張りたるつづれさせ

長き夜の昭和のころの話かな

ムックリはかりがね寒き音色にて
燻製の魚の種々冬隣

火口湖の渚を歩く七五三

沼波の荒し冬青草匂ふ

夜に入る黒髪山の冬の虫

枯菊を焚きたる土のよく掃かれ

黒松の雨後の雫や三十三才

くだら野や胸も頭も紅き鳥

銀杏枯れ沼の面が近きこと

十畳はひとりに広し冬灯

吉野よりもどりきしてふ葛湯かな

愛日といふ言の葉を胸の奥

ぼろ市の鏡やとほきくにの空

鳥を見にゆく歳晩の列車かな

寒雁のこゑ降つてくる胸の上

大鳥の首さし伸べし寒落暉

雪片の影大いなり塒鳥

雪山の名前は知らず舫ひ杭

沼風に研がれて太る冬木の芽

鳴きながら飛ぶ大鳥の除日かな

極月の夕雲迅し堺鳥

V

二〇一八年

赤松を鳥の離るるしづり雪

鶚の嘴が開き寒波急

凍蝶の地《つち》をはなるる紋明し

畦焼いて眉の匂へる夜雨かな

はなびらの散りかかりては髪白む

エイプリルフールの虚貝ふたつ

手鏡のおもて明るし雪の果

止り木に鳥がのりたる春の闇

粽解く紐のあをさも他郷かな

吉日の笹のいろ濃し笹粽

鷭の子のつむりに濃しや草の影

木の晩を来て犬の息荒々し

汐入の川の汐引く行々子

雨近き巌の相や蚊遣草

墓原に人影うごく梅雨夕焼

ひらきては四万六千日の傘

風鈴のいつせいに鳴る千社札

榛の木のよき風もらふ氷旗

風の日は風にとびたるあめんぼう
お手玉のふたつころがる雨休み

空蝉の草に吹かるる隠れ鬼
射干の映る鏡を磨きをり

あをぞらを雲すすみゆく金魚玉

海中《わたなか》の冥さなりけり蟬の穴

谿風に浮くはきつねのかみそりよ

秋の初風盆栽の男松

秋の蠅とまる鍵穴隠しかな

山廬　四句

八月もをはりに近き自在鉤

片蔭をひろうて火の見櫓まで

秋口の後山につづく竹箒

桃の木に脂のふくるる夜学かな

はすかひの木は隠れ蓑盂蘭盆会

木斛の闇が厚しよ送り盆

月齢をひとひくはへて夜半の秋

登校の子が提げ来る虫籠かな

日没の直前ヒメムカシヨモギ

火打石帰燕の空に響きけり

八朔の火が入りたる篝籠

惑星のひとつが近し夜会草

雨を聴くための文机沼空忌

枯れ極むとは一草の髄のいろ

さざんくわのどんどん散つて向う岸

みづならの落葉踏みゆく禁漁区
太陽の眩しきほどに冬ざるる

筆談の紙の白さよ雪蛍

あはうみの暮れのこりたる膝毛布

島の名を聞き手袋を嵌めなほす

菰巻の松を潜りて下屋敷

にはとりもうさぎも飼ひしころの家

おほかたは真鯉ばかりや神迎

義士の日の海鳥の数ふりあふぐ

Ⅵ

二〇一九年

縁日の松に日当たる紙懐炉

春近き雲となりたる飯茶碗

芽柳に雨筋が見え茶巾鮨

料峭の土偶にしるき妊娠線

姉妹《おととい》のひそひそ話梅ひらく

紅梅に雨白梅に雨の音

狼の護符が一枚水温む

ひとふりの音の確かな種袋

雨降つてうぐひす餅の口そろふ

本館を出て分館へ春の雨

風紋のところどころの暮れかぬる

逆潮やぺんぺん草の丈吹かれ

水中を鵜のすすみゆく飛花落花

剪定の枝寄せてある斜面かな

薇の干し上がりたる一筵

大川の見ゆる二階や名残雪

裏山のひかへてゐたる雛屛風

ひと雨ののちの華やぎ若緑

独活さらす水に夜がくる巡礼歌

イタリア　十四句

オリーブの葉のみつみつと復活祭

イースターホリデーにして橋の上

パーゴラの下の木椅子や四旬節

ひと本の聖土曜日の月桂樹
列柱に徹る暮春の聖歌かな

十字架の裏が明るし春疾風

リラ冷のミネラルウォーターを買ふ

祭壇は何もおかれず雪解光

蠟涙の輪郭定か抱卵期

春楡の種子が降りくる染卵

晩餐のナプキンが立つ春暖炉

エンタシスに触れて覚めたる春の夢

教会の鐘近くせる朝寝かな

復活祭果てたる雨の甃《いしだたみ》

熊の胆を舌にのせたる薄暑かな

みどりさすもののひとつに熊の糞

歳月の光を返す秋田蕗

携帯電話圏外の生ビール

啄木の手筋の文や走り梅雨

籜《たけのかは》富田木歩の終焉地

雨が降る真白きハンカチーフかな

雪渓の眩しきときよ筬の音

山古志牛の角突き　二句

黒牛の胴声近し緑濃し

鼻綱をはふり投げたる草茂る

降りみ降らずみ亀の子の足が見ゆ

ことごとく昭和の本や紫陽花忌

汗ひいてきし赤松の幹の反り

言葉待つ草の穂に風渡りけり

涼新た坂東玉三郎のころ

海光のいろも夕べのずずこ玉

永別

菊月の風よ柩の窓ひらけ

ははそはの母に九月の熊野川
秋蟬のこゑの重なる妣の国

初七日の風に吹かるる葛の花
サフランのうすむらさきの服喪かな

いちにちの時分のいろや酔芙蓉

澄む秋の音を立てたる五郎太石

団栗の降る音繁き湯《ゆ》桶《とう》かな

梵鐘のうちがは仰ぐ野分晴

水甕の水飲む鳩や野分雲

くさぐさは露結びたる鳥のこゑ

石田波郷回顧展「悲母鈔」二句

真筆のひと巻拝す暮の秋

色鳥やひと巻は母恋ふるうた

柊の花近づけばこぼれけり

付・『天空』以後（抄）

水音の高さにひらき月見草

悼　関戸靖子先生

木曾長良揖斐川越えて残暑の訃

無花果に朱の走りし浦祭

母からのふみがらの数花木槿

草刈つて道高くなる白露かな

鳥籠に茘枝の蔓が及びけり

団栗の実と団栗の袴かな

アルプスの水飲みて冬立ちにけり

にはとりのあひだをとほる七五三

よく動く枯蟷螂の目玉かな

神留守のかげぼふし踏む遊びかな

雪吊を解きをへたる松の風

雨音も彼岸過ぎなる根株かな

雨降ってつてつくづくと片栗の花

蛤を水に沈めて七七忌

蛤を養ふ水を足しにけり

白紙を紙縒のとほる立夏かな

富士の裾踏みきて衣更へにけり

結葉を潜りきて読む母の文

長箸も鉢も杉の香宵祭

箱庭の松にかよへる富士の風

白玉の凹みや父の忌も過ぎて

鱧鮨の虫養ひを二貫ほど

その奥に屛風祭の人の影

涼しさの膝つく洛中洛外図

鉾廊下軋みて宵の果てにけり

炎天のかげりきたれる辻回し

百日紅潜りきて眉濃かりけり

一燭の運ばれてくる夏料理

松毬の塵も少しく避暑日誌

立てて売る苧殻の丈やかく揃ひ

坪庭の濡れて灯ともる魂迎

谷川の岩に手をかけ送り盆

てのひらに余る和釘の露けしや

一遍上人最も紅き曼珠沙華

潮の香の濃き雀瓜ふたつほど

秋澄むや遊女の墓は石ひとつ

草の露踏みわたりきて主の言葉

包丁の峰の働く良夜かな

数珠玉のいろを遺して逝かれしか

波郷忌が近し石鎚山近し

葛原の枯れに入りたる日数かな

万両の緋の残りたる春支度

蕪村像正面に年果てにけり

白梅の影踏んでゆく法会かな

御手洗の柄杓を伏せて梅白し

冴返る紙縒・千枚通し・紙

蛇穴を出づるところに立ち合ひぬ

東日本大震災

三月の幹震へたるさるすべり

列島の灯を落としたる蝌蚪の紐

見晴るかす川の光や法然忌

枝折戸の押せばひらきて汐干潟

一羽出て一羽戻れる巣箱かな

五百ミリリットルの水鳥の恋

これからのことをぺんぺん草に問ふ

手に享けて八十八夜の榛の塵

鞍馬より貴船が暗し鱧の皮

蛍火の擦れ違ふときはじきあふ

電球の灯りて梅雨の深みけり

手を打つて炎天の鯉呼び返す

熟れごろのやまももの実の影を掃く

秋口の山の水占みくじかな

天日は松の上なる千歳飴

冬萌の草と信玄袋かな

忘年のひとぼしごろの机かな

潮さして川のふくるる寒見舞

句集　冬泉　畢

あとがき

本句集は、『跣足』『天空』につづく私の第三句集である。二〇一二年から二〇一九年までの三五一句を収めた。巻末には『現代俳句文庫70　藤本美和子句集』(ふらんす堂)に「『天空』以後」(二〇〇九年秋から二〇一一年の作)として収めた句を抄録した。自身の歩みとして、作品を通覧できるようにしておきたいと思ったからである。

句集名は、

先生のこゑよくとほる冬泉

の一句に拠った。

二〇一五年一月十日、師の綾部仁喜先生が亡くなった。気道切開により声を失った先生の十一年近い歳月が終りを迎えた瞬間でもあった。亡骸となった先生との対面が叶ったとき、そこには呼吸器から解放された先生の安らかな顔があった。そして、いつものおだやかな声がはっきりと聞こえたように思えたのだった。

あれから六年、亡き先生の声はいまも身近に聞こえる。その声に耳を澄ましながら、これからも俳句の道を歩み続けていきたいと思う。

一方、石田波郷の次の文言、

「俳句は生活の裡に満目季節をのぞみ、蕭々又朗々たる打坐即刻のうた也」も常に私の胸の内にある。波郷の師系に連なるひとりとして「打坐即刻のうた」、今のわれを詠み続けてゆきたい。

高橋睦郎氏にはお忙しいなか帯文を頂戴した。高橋氏の言葉もまた、これからの私の道を照らし励ましてくださる大切なものだ。言葉の力を思うばかりである。心より感謝申し上げます。

出版に際し、角川『俳句』編集部の方々はもとより、このシリーズに加えて下さった石井隆司氏には何かとお世話になった。記してお礼申し上げます。

二〇二〇年　夏至

藤本美和子

著者略歴

藤本美和子

ふじもと●みわこ

1950（昭和25）年、和歌山県生まれ。
綾部仁喜に師事。2014（平成26）年、「泉」を継承し主宰。
公益社団法人俳人協会理事、日本文藝家協会会員。

句集に『跣足』（第23回俳人協会新人賞、ふらんす堂）、『天空』（角川SSコミュニケーションズ）、『藤本美和子句集』（ふらんす堂）。
著作に『綾部仁喜の百句』（ふらんす堂）、共著に『俳句ハンドブック』（角川学芸出版）等など。

句集　冬泉《ふゆいずみ》

泉叢書121篇

初版発行　2020年9月25日

著　者　藤本美和子
発行者　宍戸健司
発　行　公益財団法人　角川文化振興財団
〒359-0023　埼玉県所沢市東所沢和田3-31-3
ところざわサクラタウン 角川武蔵野ミュージアム
電話 04-2003-8716
http://www.kadokawa-zaidan.or.jp/
発　売　株式会社　KADOKAWA
〒102-8177　東京都千代田区富士見2-13-3
電話 0570-002-301（ナビダイヤル）
https://www.kadokawa.co.jp/
印刷製本　中央精版印刷株式会社
 ISBN978-4-04-884377-5 C0092

角川俳句叢書　日本の俳人100

青柳志解樹
朝妻　力
有馬朗人
安西　篤
伊丹三樹彦
伊藤敬子
伊東　肇
井上弘美
猪俣千代子
茨木和生
今井千鶴子
今瀬剛一
岩岡中正
尾池和夫
大石悦子
大牧　広
大峯あきら
大山雅由

小笠原和男
小川晴子
奥名春江
小倉英男
落合水尾
小原啄葉
恩田侑布子
甲斐遊糸
加古宗也
柏原眠雨
加藤憲曠
加藤耕子
加藤瑠璃子
金箱戈止夫
神尾久美子
九鬼あきゑ
黒田杏子
小島　健

阪本謙二
佐藤麻績
塩野谷　仁
柴田佐知子
柴田多鶴子
小路紫峡
鈴木貞雄
鈴木しげを
千田一路
高橋将夫
田島和生
棚山波朗
辻　恵美子
坪内稔典
出口善子
手塚美佐
寺井谷子
名村早智子

鳴戸奈菜
名和未知男
西村和子
根岸善雄
能村研三
橋本榮治
橋本美代子
藤木倶子
藤本安騎生
藤本美和子
文挟夫佐恵
古田紀一
星野恒彦
星野麥丘人
松尾隆信
松村昌弘
黛　執
岬　雪夫

三村純也
宮田正和
武藤紀子
村上喜代子
本宮哲郎
森田　峠
山尾玉藻
山崎　聰
山崎ひさを
山田貴世
山本洋子
柚木紀子
依田明倫
若井新一
渡辺純枝

ほか

（五十音順・太字は既刊）